달빛문고 15

1판 1쇄 인쇄 2024년 12월 13일
1판 1쇄 발행 2024년 12월 20일

글 주머니
그림 심윤정
펴낸곳 더공감
펴낸이 서재근
책임편집 김시경
디자인 김규림
홍보 마케팅 서영조
출판등록 제 2021-00046호
주소 충남 아산시 배방읍 광장로 177-10, 펜타폴리스 1동 718호
전화번호 0505-300-1569 ┃ **팩스번호** 0505-333-1569
이메일 iumhouse@naver.com

ISBN 979-11-989351-8-2 74800
       978-89-966827-3-8 (set)

주머니 글
심윤정 그림

지렁이 학교

아이올
BOOKS

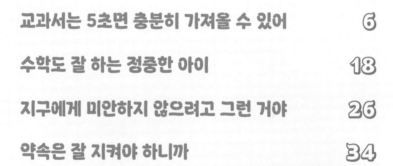

교과서는 5초면
충분히 가져올 수 있어

　내가 지렁이를 좋아하게 된 건 오래전 유치원생 시절부터야. 우리 유치원은 실내에서 활동하는 날보다 숲에서 뛰어노는 날이 훨씬 더 많았거든.

　비가 아주 많이 오거나 날씨가 엄청 추운 날 빼고는 매일같이 숲에서 놀았어. 지렁이랑 사슴벌레를 찾아다니며 땀을 뻘뻘 흘렸지. 운이 좋으면 나무에서 자라는 큰 버섯도 구경하고 말이야. 죽은 나무를 찾으면 이리저리 살피고 만지고 앉아 보기도 하고.

눈이 오면 산비탈에서 썰매를 탔어. 숲속에서 친구
들과 씽씽 눈썰매를 타는 날은 놀이공원과 비교도 되
지 않을 만큼 신이 났었지. 일곱 살 때 놀이공원에 갔
다가 하루 종일 앞 사람만 보고 온 적이 있거든. 엄마

는 재미있는 게 많을 거라고 했지만 줄을 오래 서서 그런지 사람들 뒷모습만 본 것 같았어. 물론 재미있는 놀이기구도 있었지만 한참 기다렸다 잠깐 타야 하는 건 억울했어. 차례를 기다릴 때는 나무 그늘이 없어서 너무 더웠고 말이야. 그 뒤로는 놀이공원에 안 갔어.

낙엽이 많아지는 가을 숲에 가면 진짜 신나. 낙엽 위를 걷고 뛸 때 나는 소리가 좋아서 자꾸 뛰고 계속 밟게 되지.

'바사사사아악. 푸스스스으윽. 파박팍팍 팍파박.'

어디서 많이 들어 본 소리 같지? 치킨 튀기는 소리 랑 비슷하지만 이건 낙엽 밟는 소리야. 숲이랑 치킨의 공통점이 뭔지 알아? 그건 바로 냄새도 소리도 좋다는 거지.

숲에서 놀다가 집에 오면 그 냄새가 너무 좋아서 씻

지 않고 자고 싶지만, 엄마가 내 이름을 몇
번씩 부르면 어쩔 수가 없어.

"아들! 재밌게 놀고 왔으니까 씻고 저녁
먹자."

"……."

"형주야, 이제 그만 씻고 나와서 밥 먹자."

"……."

"박!형!!주!!! 빨리 씻어."

"네!"

어이쿠! 어서 씻으러 가야 해. 엄마는 처음에는 다정하게 말하지만 세 번째쯤 되면 목소리가 커지고 화를 내거든. 조금만 기다려 주면 알아서 씻으러 갈 텐데 말이야. 나한테 늘 참을성을 길러야 한다면서 엄마는 왜 참을성을 기르지 않는지 모르겠어.

학교 가면 더 크고 멋진 숲을 찾아다닐 줄 알았어. 그런데 학교에서는 주로 교실에서 수업했어. 나뭇잎은 찾는 게 아니라 그림으로 그렸고, 나무는 올라가는 게 아니라 영상으로 봤어. 나는 어쩔 수 없이 쉬는 시간에 흙을 파고 지렁이를 찾았어. 같이 찾는 친구도 있었고 징그럽다며 도망치는 친구도 있었어.

1학년 때 선생님은,

"싫어하는 친구도 있으니 지렁이는 교실로 가져오지 마. 형주도 2학년 형아 되면 안 그러겠지?" 하며 살짝 웃었어.

선생님께 전화를 받고 나면 엄마는,

"1학년은 원래 노는 거야. 우리 형주 건강하게 잘 크고 있는 거야. 하하하하!" 하며 크게 웃었어.

2학년이 되니까 엄마가 선생님 전화를 받는 날이 많아졌어. 처음 선생님께 전화를 받은 날 엄마는 소파에 앉아 웃고 있었어. 그런데 요즘은 선생님 전화가 오면 심각한 얼굴을 하고 베란다로 나가. 엄마가 선생님과 어떤 이야기를 하는지 듣고 싶지만, 걱정이 돼서 그럴 수 없어. 몇 주 전에 지렁이를 교실 화분에 넣어 주려고 교실로 가져왔던 날 선생님 기분이 정말 안 좋아 보였거든.

"선생님이 지렁이 가지고 오지 말랬지? 왜 하지 말라는 행동만 하는 거야? 박. 형. 주. 지렁이 가지고 오지 말라고 몇 번을 말해야 하니? 자리로 돌아가."

선생님한테 지렁이를 화분에 넣어 주기 위해 가져

왔다고 설명하고 싶었어.

"선생님 있잖아요, 지렁이를 화분에 넣어 주면
요······."

"박형주, 그만. 수업 준비나 해."

조금만 더 설명했다면 선생님도 이해하셨을 텐데

그럴 수가 없었어. 그리고 그날 선생님과 통화를 마친 엄마는 아주 슬퍼 보였어.

수업 시간이 쉬는 시간보다 긴 이유를 잘 모르겠어. 수업 시간은 재미없고 힘들잖아. 그 시간을 짧게 하고 쉬는 시간을 길게 하면 얼마나 좋아.

어른들은 쉬는 시간이 중요하지 않다고 생각하겠지만 내가 학교에서 제일 좋아하는 시간은 바로 쉬는 시간이야. 행복해지기 위해 좋아하는 걸 찾으라고 말하는 어른들이 왜 쉬는 시간은 짧게 만든 건지 모르겠어.

그런 생각을 하다 며칠 전에 찾았던 지렁이가 생각나서 읽고 있던 책에 그렸어. 지렁이를 그리다 보니 곤충도감이 보고 싶어졌어. 사실 내가 좋아하는 책은 곤충도감과 만화책이야. 특히 만화책은 하루 종일도 읽을 수 있어.

그런데 2학년이 되니까 곤충도감도 만화보다는 되

도록 사진과 설명이 많은 게 좋다지 뭐야. 선생님은 2학년이 읽어야 하는 책은 그런 거라고 했어. 어릴 때 주로 읽던 그림책 같은 게 아니라, 글자 크기도 작고 글씨도 많은 그런 책을 많이 읽고 익숙해져야 한다는 거야. 하지만 나는 글씨가 그림보다 많은 책은 좋아하지도 않고 읽기도 힘들어. 엄마도 학교에서는 선생님이 정해 준 책을 읽어야 한다고 했어.

지렁이를 다섯 마리쯤 그리다 보니 수업 시작종이 울렸어. 읽던 책을 넣고 교과서를 꺼내려고 서랍에 손을 넣었어. 그런데 이럴 수가! 책이, 아니 교과서가 없어.

'아차, 사물함에서 교과서를 가져왔어야 했는데 깜빡했네!'

교과서가 없다는 걸 알고 가지러 가려고 일어섰어. 선생님은 정말 대단해. 내가 자리에서 왜 일어났는지 바로 아시는 거 있지.

"박형주! 수업 시작 전에 교과서 가져다 놓으라고 했지. 몇 번이나 말해야 하니?"

"잘못했어요. 선생님, 저 진짜 빨리 가지고 올 수 있어요. 몇 초 걸리나 한번 보세요. 자, 시작해요. 준비이이이이잉."

친구들은 "와아아아아 하하하!" 하며 웃었어.

"아니야. 하지 마. 박형주, 지금 수업 시작해야 하는데 네가 방해하고 있잖아. 왜 매번 그러니? 다른 친구들은 안 그러는데 왜 너만 그러는 거야? 수업 시작했는데 너 때문에 친구들이 집중 못 하는 거 안 보여? 미리 준비하면 안 되겠니?"

난 선생님 말이 화를 내는 건지 물어보는 건지 잘 모르겠어. 교과서를 준비하지 않은 건 잘못이지만 난 정말 재빠르게 가지고 올 수 있거든. 복도 사물함까지

가서 교과서를 가지고 오는 데 거의 5초도 안 걸렸을
거야. 만약 선생님이 그걸 봤다면 진짜 빨랐다며 칭찬
하셨을 텐데.

수학도 잘 하는
정중한 아이

　오늘 급식은 순살 갈비 치킨이야. 난 뼈 있는 치킨도 잘 먹지만 급식으로 나오는 순살 치킨도 좋아. 그런데 우리 반에서 머리카락이 제일 길고 얼굴이 하얀 유진이는 치킨을 안 좋아한대.

　"치킨 많이 먹으면 몸에 안 좋아."

　그러면서 딱 하나만 먹겠다고 하는 거야. 나는 정중하게 유진이에게 물었지. 아빠가 그랬거든. 여자들한테는 정중하게 말해야 한다고. 아빠한테 배운 대로 눈을 동그랗게 뜨고 최대한 웃지 않으며 정중하게 말했어.

"유진아, 너 치킨 안 먹을 거면 나 줘. 내가 다 먹어 줄게."

치킨 한 쪽을 먹던 유진이는 그걸 달라는 말인 줄 알았나 봐.

"내가 먹던 거잖아. 남이 먹던 걸 어떻게 먹으려고 그래?"

"아니야. 네가 받아 온 치킨은 네 개고 넌 하나밖에 안 먹을 거라며. 그럼 세 개가 남아. 난 그 세 개를 먹겠다는 거야. 네가 먹던 치킨이 아니라 먹지 않을 치킨을 먹겠다는 거지."

'와, 나 정중한데 수학도 잘 하는 것 같아!'

유진이는 정중하고 수학도 잘 하는 내 말에 고개를 끄덕였어. 그러면서 식판에 있는 치킨을 내 식판으로 옮겨 주었어. 드디어 마지막 치킨을 내 식판으로 옮기

고 있을 때 건너편 자리에서 지켜보던 세은이가 소리 쳤어.

"선생님! 유진이가 남긴 치킨 형주한테 다 줘요. 자기 식판에 있던 거 친구한테 주면 안 되잖아요. 비위생적이니까요."

선생님은 나를 보며 한숨을 쉬고는 유진이에게 한마디 하셨어.

"유진아, 그러면 안 되는 거야. 먹기 싫으면 남겨야지, 친구한테 먹던 음식을 주면 어떡하니?"

유진이는 작은 소리로 "네에." 하고 대답했어.

나 때문에 혼이 났다고 생각하는지 유진이가 나를 무섭게 노려봤어.

다음부터는 세은이한테 안 들키게 조심해야겠어. 세은이는 선생님을 자주 부르는 친구야. 내가 지렁이를 교실 화분에 넣어 주려고 나뭇가지에 앉혀서 들고 왔을 때도 세은이가 소리치며 선생님을 불렀어.

"선생님, 형주가 지렁이 가지고 왔어요. 꺄아아
악!"

　"선생님, 형주 머리에 거미줄 있어요.
우웨에에에엑!"

　　"선생님, 형주 흙 만지고 손도 안 씻
고 왔어요. 으으으으으윽!"

　　생각해 보니까 세은이는 선생님만큼이
나 내 이름도 자주 불러. 세은이가 내 이
름을 그만 부르면 좋겠는데 그 말을 하면
세은이가,

"선생님, 형주가 자기 이름 부르지 말래요." 하며 선생님을 또 부를까 봐 말을 못 하겠어.

세은이가 내 이름을 자꾸 부르는 것도 별로지만, 세은이 말을 듣고도 선생님이 나한테 뭐라고 하지 않은 게 더 걱정이야. 선생님이 나를 혼내지 않고 한숨만 쉬는 날은 꼭 엄마한테 전화를 하셨거든.

몇 주 전에는 비가 자주 와서 지렁이를 많이 볼 수 있었어. 그래서 쉬는 시간마다 지렁이를 찾으러 다녔어. 그러다 화장실 가는 걸 깜빡하고 말았어. 수업 시작하고 나니 오줌이 마려운 거야. 나는 손을 들고 화장실에 다녀오겠다고 했지. 선생님은 다음부터는 쉬는 시간에 다녀

와야 한다고 말하며 보내 주셨어. 다음 날도 화장실에 다녀오겠다고 손을 들었더니 선생님은 화난 목소리로 말했어.

"형주야, 쉬는 시간에 다녀와야지. 내일부턴 진짜 안 보내 줄 거니까 쉬는 시간에 다녀와. 알았니?"

알겠다고 대답했지만, 다음 날도 지렁이를 찾느라 화장실에 가는 걸 깜빡했지 뭐야. 어떻게든 참아 보려고 노력했지만 결국 손을 들고 말았어.

"선생님, 지렁이를 화단에 데려다주느라…… 오줌 누는 걸 깜빡했어요……."

"……."

선생님은 아무 말 없이 한숨을 쉬며 손짓으로 허락하셨어. 선생님이 화를 내지 않고 화장실에 다녀오라고 하는데도 뭔가 불편했어. 그리고 그날 엄마는 선생님과 통화를 아주 오래 했어.

오늘도 그때처럼 엄마한테 전화하시면 어쩌나 걱정

하면서 급식을 먹고 있는데, 선생님이 나를 보며 말씀
하셨어.

"박형주! 급식 먹고 바로 교실로 올라가. 땅도 파지
말고 지렁이도 찾지 마. 알았니?"

"네."

땅도 안 파고 지렁이도 안 찾으면 선생님이 엄마한
테 전화를 안 할지도 몰라. 난 곧바로 알았다고 대답
했어.

지구에게 미안하지 않으려고
그런 거야

학교 끝나고 집에 왔더니 맛있는 냄새가 났어. 이건 안 봐도 알지. 튀김이야. 튀김인 거야. 나는 고소한 튀김 냄새를 맡으며 내가 키우는 화분인 '우주'한테 갔어.

"잘 있었어? 나 학교 갔다 왔어. 오늘 학교 화단에 있는 제비꽃밭에 지렁이를 놓아주려고 했는데 그럴 수가 없었어. 선생님이 밥 먹고 바로 교실로 올라가라고 했거든. 오늘은 지렁이도 땅파기도 안 된다고 해서

아무것도 못 했어. 그래도 학교에서 별무늬꼬마거미
를 봤어. 초여름에 볼 수 있는 거미인데 오늘 봐서 좋
았어. 그런데 생각해 보니까 별무늬꼬미거미를 지금
봤다는 게 걱정도 돼. 왜냐면……."

"아들, 간식 먹자."

식탁 위에는 내가 좋아하는 고구마튀김이랑 새우튀
김이 있었어. 김이 모락모락 나고 있었지. 맛있겠다!
주말에만 허락되는 콜라도 있었어. 이 콜라를 마시면
오늘이 토요일이 되고 내일은 학교에 안 가는 일요일

이라면 좋겠어.

"엄마, 콜라도 있네요. 오늘 주말도 아닌데요. 으흐흐흐."

"튀김만 먹으면 느끼하니까. 오늘 급식 맛있었어? 치킨 많이 먹었어?"

오늘 내가 치킨을 먹은 걸 알다니. 역시 선생님이 전화를 하신 모양이야. 엄마는 평소에 급식표를 잘 안 보거든. 아침에 미역국을 먹고 갔는데 급식도 미역국이 나왔다고 하면 엄마는,

"하하하. 그래? 미역국 두 번 먹고 좋았겠다." 했어.

한 달에 한 번 급식표를 받아 가면,

"와아아, 다 맛있겠다." 하고는 급식

표를 냉장고 옆에 붙여 둬. 그러고는 한 번도 보지 않는 엄마가 오늘 내가 급식으로 치킨 먹은 걸 안다니. 아무래도 선생님이 전화를 하신 것 같아. 갑자기 튀김도 콜라도 맛이 없어졌어.

"아들, 있잖아, 친구 음식 뺏어 먹으면 안 되는 거야. 학교는 여럿이 생활하는 곳이라 네가 원하는 대로 못 먹을 수도 있어. 먹고 싶어도 조금 참았다가 집에 와서 먹자. 그럴 수 있지?"

"뺏어 먹은 거 아니에요. 유진이가 다 못 먹어서 내가 먹어 준 건데. 음식 남기면 안 된다면서요. 유진이가 남기면 버릴 거잖아요. 그래서 내가 먹어 준다고 했어요. 음식

더 먹어...

버리면 지구도 아프고 안 된다고 했으면서……."

눈물이 날 것 같았지만 참았어. 그런데 선생님께 전화를 받은 날엔 엄마도 눈물을 참는 것처럼 보여. 웃는 얼굴 같은데 눈이 빨개지고 눈물이 고이거든. 마치 선생님한테 억울하게 혼났을 때의 나처럼 말이야.

"그래 맞아. 음식 남기면 안 되지. 우리 집에서는 아빠가 먹던 것도 나눠 먹고 형주가 남긴 것도 엄마가 먹어. 우린 가족이니까. 그런데 학교는 단체 생활하는 곳이라 친구가 식판에 받아 간 음식은 나눠 먹으면 안 되는 거야. 자기가 받은 음식만 먹어야 해. 더 먹고 싶으면 다시 가서 받아서 먹는 거야. 앞으로 그렇게 할 수 있지?"

"엄마, 유진이는 치킨 네 개를 받아 와서 하나만 먹는다고 했어요. 유진이 식판에 있던 치킨 세 개는 버릴 게 뻔해요. 그건 버리고 내가 새로 받아 와요? 그건 지구한테 미안한 거잖아요."

"그래. 미안한 거야. 그런데 학교에서는, 잠깐만!"

갑자기 울린 전화벨 소리에 엄마는 전화기를 들고 베란다로 갔어. "언니!"라고 부르는 걸 보니 옆 동에 사는 시후 형의 엄마인 것 같아.

순간 튀김과 콜라가 맛이 없어 보였지만 배가 고파서 먹었어. 다 먹었지만, 토요일은 되지 않았고 내일은 일요일이 아니니까 학교에 가야 해.

약속은
잘 지켜야 하니까

어제 저녁밥은 맛이 없었어. 엄마한테는 튀김을 많이 먹어서 그런 것 같다고 말했지만 그게 다는 아니었어. 저녁을 먹고 나면 잠을 자야 하고 그러면 아침이 오잖아. 내일도 학교에 가야 한다는 게 조금 힘들었거든. 내일 걱정을 하느라 잠을 못 잘 줄 알았는데 엄마가 깨우는 소리에 일어나 보니 어느새 아침이었어. 제대로 걱정도 못 하고 잠들어 버렸지 뭐야.

"형주야, 어서 일어나서 밥 먹자. 먹고 학교 가야

지.”

　힘들게 일어나 식탁으로 갔더니, 엄마가 아침밥 먹
으면서 약속 하나만 하자고 했어. 평소 엄마는 아침에
좋은 이야기만 해야 하루가 행복해진다고 말하곤 했
어. 그런데 오늘은 내 하루를 불행하게 하려나 봐. 엄
마는 밥 먹으면서 들으라며 종이에 적힌 약속을 천천
히 읽어 줬어.

약속 1번 – 지렁이나 거미를 찾지 않는다. (또는 구해 주지 않는다.)

　2번 – 친구의 식판에 있는 음식을 먹지 않는다.

　3번 – 시간표를 미리 보고 교과서를 준비한다.

　4번 – 쉬는 시간에 화장실에 꼭! 다녀온다.

　5번 – 선생님께 말대꾸하지 않는다.

　엄마는 다섯 가지나 되는 약속을 지켜 달라고 했어.

학교는 단체로 생활하는 곳이니까 약속을 지키는 것이 중요하다며 약속을 적은 종이를 냉장고 문에 붙였어. 나는 엄마한테 할 말이 많았어.

"엄마, 그렇지만 지렁이는요, 사람이 지나다니는 길에 그대로 두면 밟혀요. 그러니까 화단에……."

"형주야, 엄마도 알아. 그런데 학교에서는 그걸 하지 말라는 거야. 지렁이는 학교 마치고 보자. 친구 식판에 있는 음식도 먹지 말고. 교과서는 수업 전에 챙기고 화장실도 다녀와야 해. 선생님께 설명하려고 하면 말대꾸로 느끼실 거야. 그러니까 하고 싶은 말은 엄마한테 하자."

"그렇지만 엄마, 나는요……."

"아들! 학교 늦겠다. 나중에 이야기하자."

엄마는 내가 하는 이야기를 끝까지 안 들어 준 적이 없는데 오늘 아침에는 엄마가 할 말만 했어. 나중에 또 이야기하긴 싫은데 지각을 하면 선생님이 싫어할

테니 서둘러 집을 나섰어.

어젯밤엔 비가 많이 왔는데 오늘은 화창하게 개었어. 학교까지 걸어가는 길에 지렁이들이 많았지만, 엄마와의 약속 때문에 모른 척해야 했어.

지렁이는 피부로 호흡하기 때문에 흙 속에 있는 집에 물이 차면 호흡할 수 없어. 공기가 필요한 지렁이들은 땅 위로 올라오고, 운이 나쁘면 밟히거나 말라죽는 거야. 화단으로 보내 준다면 지렁이도 살고 흙도 건강해지는데 엄마랑 한 약속 때문에 나는 지렁이를 보고도 못 본 척하며 학교로 갔어.

교문을 지나서 교실로 가려고 하는데 다른 반 친구들이 나무막대로 땅을 내리치며 웃고 있었어. 가까이 가 보니 지렁이를 막 누르고 찌르면서 조각내고 있었어.

"야! 이거 봐. 진짜 징그러워."

"와! 잘랐는데 움직여. 크크크크. 더 잘라 봐. 여기, 여기, 여기를 잘라 봐."

사람들은 지렁이가 징그럽다고 하지만, 지렁이만큼 지구에 도움을 못 주는 사람도 많아. 일회용품을 쓰고 음식을 버리고 전기를 마구 쓰면서 말로만 지구를 걱정하는 사람도 많지. 지렁이는 아무것도 쓰지 않고 버리지 않으면서 지구를 살리는데 말이야.

지렁이를 지켜 주고 싶었지만, 오늘 아침 엄마가 지키라고 한 약속 1번이 기억났어. 지금 지렁이를 구해 주면 엄마와의 약속을 지킬 수 없게 되니 지렁이를 모른 척할 수밖에 없었어. 약속은 꼭 지켜야 하는 거니까.

내일은 토요일이니까 괴롭힘을 당하는 지렁이가 있다면 꼭 구해 주리라 다짐하면서 눈을 질끈 감고 교실로 들어갔어.

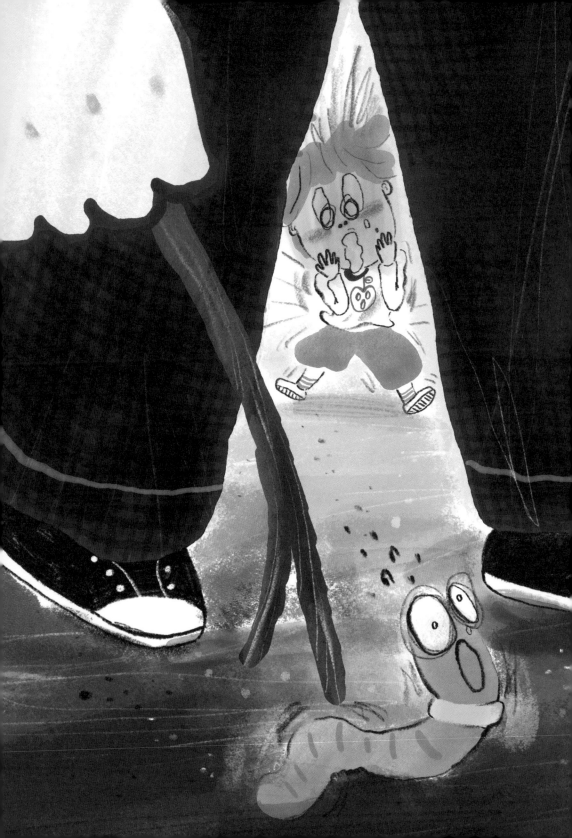

남자야?
여자야?

　드디어 기다리던 주말이 왔어. 주말이 좋은 건 자전거를 마음껏 탈 수 있다는 거야. 몹시 더운 여름만 아니면 공원에 가서 자전거를 타거든.
　가족과 다 같이 타는 게 좋은데 엄마는 오늘 약속이 있어서 멀리 가야 한대. 엄마는 내가 좋아할 만한 학교를 보고 온다고 했어. 조금 멀지만 그 학교에는 식물을 키우는 온실이 있고 닭이랑 토끼도 있다며 엄마는,

"굉장히 멋진 학교래. 형주가 좋아하는 숲속에 있어서 유치원 때만큼 좋을 거야. 엄마가 보고 와서 얘기해 줄게."라고 웃으며 말했어.

유치원 생활은 정말 재미있고 좋았지만, 다시 유치원생이 되고 싶지는 않아. 나는 지금 다니는 학교가 좋아. 토실토실한 지렁이도 많고 급식도 맛있어. 그런데 엄마는 나를 위해 학교를 옮길 거라고 했어. 내가 상처 입는 게 싫다며 나한테 도움이 된다면 이사를 하더라도 학교를 옮겨 줄 거라고 시후 형 엄마랑 통화하는 걸 들었거든.

만약 엄마가 찾은 학교를 내가 좋아하지 않으면 지금 다니는 학교로 돌아올 수 있는지 물어보고 싶었지만, 엄마는 주말 내내 집에 없었어. 덕분에 아빠랑 라면도 먹고 콜라도 많이 마셨지.

엄마는 밤늦게 집에 왔어. 생각보다 멀어서 시간이 오래 걸렸다며 엄마는 나를 보고 말했어.

"아빠랑 잘 놀았어? 자전거도 많이 탔지? 이제 얼른
씻고 자야겠네."

"엄마…… 그런데 학교는요? 내일 옮겨요?"

"그건 엄마랑 아빠가 조금 더 의논해 보고 말해 줄
게. 형주는 걱정하지 마."

내일 당장 학교를 옮겨야 하는 건 아닌 것 같아. 언

젠가 학교를 옮겨야 할지도 모른다고 생각하니 걱정이 되었어. 그런 걱정을 하느라 잠을 못 잘 줄 알았는데 자전거를 오래 타서인지 눕자마자 바로 잠이 들었어. 자는 척하며 엄마와 아빠가 내가 좋아할 만한 학교에 대해 하는 말을 몰래 엿들어야 했는데 실패했어.

1등으로 교실에 간 건 처음이었어. 어젯밤 일찍 잠들어서인지 일찍 일어났거든. 사실은 곧 학교를 옮길지도 모른다고 생각하니 빨리 오고 싶었어.

어? 그런데 내가 교실을 잘못 찾아온 걸까? 담임선생님이 아니라 다른 분이 계신 거야. 키가 큰 선생님은 언뜻 보기엔 남자 같기도 하고 여자 같기도 했어. 교실을 둘러봐도 담임선생님은 안 계셨고. 나는 궁금증을 참지 못하고 물었어.

"누구······세요?"

"나? 선생님인데."

"우리 선생님 아닌데요."

"담임선생님 당분간 못 오셔."

목소리를 들어 보니 여자였어. 그런데 담임선생님이 당분간 못 오신다니······ 이게 무슨 말일까? 그때 친구들이 한 명씩 들어오기 시작했어. 다들 나처럼 놀라며 들어와서 서로 수군거리고 물어보기 시작했어.

"누구야?"

"나도 몰라."

친구들끼리 물어봐도 누군지 알 수 없었지. 세은이가 교실로 들어오자마자 키 큰 선생님에게 물었어.

"누구세요?"

"······."

세은이가 첫 질문을 던지자 다른 친구들도 앞다퉈 질문을 퍼부었어. 그런데 선생님은 대답 없이 우리를

물끄러미 바라보기만 했어.

"우리 선생님은 어디 가셨어요?"

"……."

"2학년 5반 선생님 어디 있어요?"

"……."

교실에 학생들이 다 차고 나서야 키가 큰 선생님은 큰 목소리로 말했어.

"모두 자리에 앉으세요."

수군거리던 친구들이 자리에 앉기 시작하자 선생님은 칠판에 무언가를 적었어.

최 정 욱

"나는 최정욱 선생님이에요. 담임선생님이 아프세요. 나으실 동안 잠깐 이 반을 맡기로 했어요. 잘 부탁해요."

최정욱 선생님은 조금 무서워 보였어. 엄마는 외모만 보고 사람을 평가하면 안 된다고 했지만, 선생님은 외모만이 아니라 목소리도 좀 무서운 것 같았어. 나만 그렇게 느낀 게 아닌가 봐. 쉬는 시간이 되자 친구들도 그랬어.

"와, 남자인지 여자인지 모르겠다. 그렇지?"

재범이가 친구들을 보며 물었어.

"난 우리 담임선생님이 보고 싶어. 안 오시면 어떡하지?"

세은이는 걱정하며 울상을 지었어.

"저 선생님은 너무 무서워 보여서 싫어."

유진이는 겁먹은 표정으로 말했어.

나도 조금 무서웠지만 일단 지켜보기로

했어.

지렁이 팬클럽

최정욱 선생님이 우리 반에 오신 지 이틀이 지났어. 그 사이 나는 엄마 말이 맞다는 걸 알게 되었어. 사람을 외모만 보고 판단해서는 안 된다는 거 말이야. 외모와 목소리만으로 최정욱 선생님이 무서울 거라고 생각했는데 전혀 아니었거든.

선생님은 이야기를 잘 들어 주시고 화를 내는 일도 없었어. 한번은 또 깜빡하고 교과서를 미리 가져다 놓지 않았어. 그대로 수업이 시작되는 바람에 나는 어쩔 수 없이 손을 들고 교과서를 가져오겠다고 말했지.

"선생님 저 진짜 빨리 가져올 수 있어요. 몇 초 걸리나 보세요."

"천천히 가져와. 형주야, 오늘 시간표 보고 공부할 과목 교과서 다 가져와서 서랍에 넣어 놔."

나는 남은 수업의 교과서까지 모두 가져와 서랍에 넣어 두었어. 쉬는 시간에 선생님이 나를 불렀어.

"형주는 정말 빨리 교과서를 가지고 올 수 있을 거야. 그런데 수업이 시작하고 나서 가져오면 준비하고 있던 친구들한테 미안한 일이야. 친구들이 모두 형주를 기다려야 하잖아. 그러니까 앞으로는 쉬는 시간에 빨리 가져다 놓는 게 어때?"

"쉬는 시간에는 지렁이를 찾아야 해서 자꾸 깜빡해요."

"지렁이를 왜 찾는데?"

"지렁이를 찾아서 화단에 데려다줘요."

"왜 화단에 데려다주는데?"

"그게…… 지렁이는 흙을 기름지게 하고…… 화단
의 꽃과 식물이 잘 자라게 해 줘요. 비가 오면 지렁이
는 땅속에서 숨을 쉴 수 없어요. 그래서 땅 위로 올라
오는데, 그러면 사람한테 밟히거나 말라 죽기도 하거
든요. 그래서 지렁이를 화단에 데려다……."

아, 나 지금 말대꾸하는 것 같아. 엄마랑 한 약속이
생각났어. 최정욱 선생님도 싫어할 거라고 생각했는
데 선생님은 내가 말을 끝내길 기다려 주셨어.

"……주고 와요. 그러니까 지렁이는 환경 지킴이 같
은 거예요. 징그러운 게 아니에요."

"형주도 지렁이도 아주 멋진 일을 하네. 지렁이는
환경을 지키고 형주는 그런 지렁이를 지키니까 말이
야. 그런데 형주야, 지렁이를 지키는 멋진 일을 하려
면 교실에서 형주가 지켜야 하는 약속을 지켜야 해.
교과서를 미리 준비하고 수업을 들어야 해. 또 수업

57

시간에 지렁이 생각하느라 집중하지 못하면 곤란해. 형주가 그런 것들을 지키지 않으면 사람들은 지렁이 때문이라고 생각할 거야. 형주가 좋아하는 지렁이가 싫은 소리를 듣게 되는 거지. 그게 좋은 건 아니지?"

"지렁이는 멋진 환경 지킴이예요. 저 때문에 욕을 먹게 할 수는 없어요."

"형주는 지렁이를 정말 좋아하는구나. 그럼, 형주야. 지렁이 팬클럽 만들어 볼래?"

"지렁이 팬클럽이요? 그런 걸 누가 해요. 우리 반에도 지렁이를 좋아하는 건 저밖에 없어요. 세은이랑 유진이는 아이돌 팬클럽을 하고 싶다고 하고요. 유명한 사람들이나 팬클럽이 있는 거죠."

"팬만 있으면 팬클럽은 누구든 만들 수 있어. 형주 덕분에 선생님도 지렁이 팬이 되었으니까 선생님도 가입할게."

"정말요?"

"그래. 우리가 한번 만들어 보자. 지렁이 팬클럽 말이야."

순간 하늘을 나는 듯한 기분이 들었어. 내가 지렁이를 좋아하는 걸 이해해 주는 선생님이 있는 것도 좋은데 같이 팬클럽을 만들자고까지 하니 말이야. 최정욱 선생님이 잠깐이 아니라 계속 우리 반 선생님이면 좋겠어.

어쩔 수 없는 이별

아침에 일어나는 게 즐거워졌어. 저번 주에는 아침에 일어나는 게 힘들었는데 이제 아니야. 교실에 가면 제일 먼저 최정욱 선생님께 인사해. 우리는 지렁이 팬클럽이라 지렁이 이야기도 많이 해. 환경오염에 대한 걱정도 하고 어떻게 하면 지구가 더 깨끗해질 수 있는지도 이야기해.

다른 친구들도 교실에 오면 최정욱 선생님께 와서 자기 얘기를 해. 학원에서 있었던 일이나 어제저녁에

뭘 먹었는지 이야기하느라 다들 바빠. 최정욱 선생님은 친구들 이야기를 다 들어 주시고 교과서를 준비하라고 말씀하셔.

아차, 쉬는 시간에 지렁이 찾느라 화장실 가는 걸 깜빡했어. 수업은 이미 시작했는데 오줌이 마려워서 참을 수가 없지 뭐야. 어쩔 수 없이 손을 들고 큰소리로 화장실에 다녀와도 되냐고 물었어. 선생님은 이렇게 말씀하셨어.

"형주야, 수업 시간에 화장실 가고 싶으면 손을 들고 있어. 그러면 선생님이 보고 눈으로 답해 줄게. 대신 수업에 방해되지 않도록 조용히 다녀와야 해. 다른 친구들도 수업 중 화장실에 가고 싶으면 그렇게 하도록 하자. 그래도 화장실은 쉬는 시간에 다녀와야 해. 너무 급한 친구들만 그렇게 하는 거야. 그리고 수업 시간에 누군가 화장실에 간다면…… 음, 그때는 난센스 퀴즈를 내는 게 좋겠다. 화장실 다녀오느라 문제를 못 듣는 친구는 답도 못 하겠지?"

"와아! 좋아요. 좋아."

"오오오. 난 원래 수업 시간에 화장실 안 가니까 정답은 내 거네."

"정답 맞히면 상품 있나요? 하하하하!"

"박형주는 이제 퀴즈 하나도 못 맞히겠네. 으흐흐흐."

친구들이 여기저기서 선생님 의견에 찬성을 외쳤어. 퀴즈라니. 나도 정답 맞히고 싶어.

결심했어!!!

쉬는 시간에 화장실 가서 오줌부터 해결하고 지렁이를 찾기로 말이야.

지구에 대해 수업하던 날 나는 최정욱 선생님의 팬이 되었어.

"지구를 지키고 환경을 보호하려면 뭘 해야 할까?

예를 들어 형주처럼 지렁이를 구해 주는 것도 방법이
겠지. 지렁이는 땅을 기름지게 하니까 말이야."

선생님은 나를 보고 웃으며 말씀하셨어.

"그렇지만 지렁이는 징그럽잖아요."

세은이가 말했어.

"맞아요. 징그러워요."

"우웩, 꿈틀거리는 거 진짜 싫어."

친구들은 지렁이 생김새만 보고 말하기 시작했어. 지렁이가 얼마나 좋은 일을 하는지 모르니까 보이는 모습만으로 지렁이를 싫어하는 거지. 지렁이 팬으로서 참고 있을 순 없었어. 지렁이의 억울함을 풀어 주려고 손을 들고 말하려는데 최정욱 선생님이 말씀하셨어.

"그래, 지렁이는 겉보기에 좀 징그러울 수 있어. 그런데 그 징그러운 지렁이들이 땅을 기름지게 해서 식물들이 잘 자라게 해 주는 거란다. 형주한테 들었는데, 비가 많이 오고 나면 지렁이들은 숨을 쉬러 땅 위로 올라온대. 그러니까 길 위에 있는 지렁이들은 내내 좋은 일을 하고 잠깐 숨을 쉬러 나왔다가 집으로 가는 길을 잃어버린 거지. 형주는 그 지렁이들의 집을 찾아주는 멋진 일을 하는 거야."

"우와아아아아!"

친구들이 나를 보며 환호를 보냈어. 어떤 친구는 엄

지를 척 들어 보이기도 했지. 2학년이 되고 나서 친구들이 그런 눈으로 날 본 건 처음인 것 같아. 줄넘기할 때 절대 줄에 걸리지 않는 재범이를 보는 눈빛이랑 비슷하달까?

최정욱 선생님은 또 이렇게 말씀하셨어.

"환경을 지키는 일은 선생님보다 형주가 더 전문가야. 그러니까 궁금한 점이 있으면 형주한테 물어봐. 알았지? 형주도 친절하게 답해 줄 수 있지?"

"네에!"

나는 아주 크게 대답했어. 줄넘기할 때 재범이도 이런 기분이겠지? 체육 시간에 줄넘기를 하면 재범이는 한 번도 걸려 넘어진 적이 없어. 선생님이 그만하라고 할 때까지 줄넘기를 하는 모습은 정말 멋지거든. 재범이의 기분을 조금 이해할 수 있을 것 같았어. 엄지를 들어 올리는 친구, 손뼉을 쳐 주는 친구들을 보니 조금 부끄러웠지만 기분은 좋았어.

점심을 먹으러 급식실로 가는데 내 앞에 세은이랑 유진이가 있었어. 최정욱 선생님이 우리 반에 오신 뒤부터 세은이가 내 이름을 부르는 일은 거의 없었어. 그런데 갑자기 세은이가 뒤를 돌아보면서 나를 부르는 거야. 오랜만에 세은이가 내 이름을 부르는 소리를 듣자 진땀이 났어. 또 뭔가 화를 내며 선생님한테 말하면 어쩌나 싶었거든. 그런데 그게 아니었어.

　"야, 박형주. 여기 지렁이 있어. 네가 집 찾아 줘."

　세은이는 그렇게 말하고 홱 고개를 돌리며 급식실로 갔어. 세은이가 내 이름을 불렀는데 이렇게 기분이 좋을 수 있다니.

　집에 돌아와 보니 엄마가 베란다에서 커튼을 치고 전화를 받고 있었어. 전화를 끊고 나서 엄마는 나를

불렀어.

"우리 아들이 지렁이 팬클럽도 만들었다며? 선생님이 형주가 정말 멋있다고 형주 팬이라고 하시네. 엄마는 형주를 위해서 학교를 옮겨 주고 싶어. 그런데 최정욱 선생님은 그러지 말라고 하셔. 형주 생각은 어때?"

"엄마, 난 우리 학교가 좋아요. 옮기고 싶지 않아요."

"그런데 형주야, 최정욱 선생님은 곧 가셔야 해. 원래 담임선생님이 오실 거야. 그래도 괜찮겠어?"

잠깐 생각했어. 최정욱 선생님이 정말 좋지만, 난 처음부터 알고 있었어. 잠깐만 우리 반을 맡은 거라는 걸 말이야. 계속 같이 있으면 좋겠지만 그럴 수 없다는 걸 알아. 2학년쯤 되면 어쩔 수 없는 이별이 있다는 걸 이해해야지. 그리고 선생님도 나도 지렁이 팬클럽이니까 멀리서도 서로를 응원할 수 있다는 것도 이젠

알 것 같아.

"응, 엄마. 나 괜찮아요. 이제 교과서 준비도 잘하고 화장실도 쉬는 시간에 다녀올게요. 지렁이도 안 찾고, 선생님께 말대꾸도 안 할게요."

엄마는 환하게 웃으며 저녁으로 돈가스 해 주겠다고 하셨어. 나는 내 화분 우주한테 가서 학교에서 있었던 재미있는 이야기를 들려주었어. 세은이가 생각보다 착하단 말은 엄마는 못 듣게 작게 말했어.

늘 주말이 빨리 왔으면 좋겠다고 생각했는데 이번
주는 아니었어. 월요일부터 주말이 안 왔으면 좋겠다
고 생각한 건 처음이었지. 최정욱 선생님이 오시고부
터는 시간이 너무 빨리 갔지만 이번 주는 정말이지 너
무 빨리 지나갔어.

　금요일은 최정욱 선생님과 만나는 마지막 날이었어. 그래서 금요일 아침에는 시간을 멈추려고 교실 벽시계의 건전지를 빼 버릴까 고민도 했지. 하지만 그러면 토요일도 일요일도 오지 않고, 콜라도 못 마시고, 자전거도 못 타잖아.

이런 고민을 하며 하루 종일 벽시계를 보고 있어서 그런지 눈병이 난 것처럼 눈이 간지러웠어. 나는 최정욱 선생님께 잠깐 보건실에 다녀오겠다고 했어. 보건실로 가는 동안은 이상하게 눈이 간지럽지 않았어. 보건실 선생님은 눈병이 아니라고 했어. 눈을 많이 비벼서 그런 것 같다며 그만 비비라고 하셨어. 그러다 진짜 눈병이 생길지도 모른다고.

교실로 돌아왔더니 최정욱 선생님이 친구들과 마지막 인사를 하고 있었어. 나를 보신 선생님이 손을 번쩍 들어 하이파이브를 하고는 귓속말을 했어.

"형주야, 팬클럽 회장은 네가 맡아. 넌 잘할 수 있을 거야."

눈이 또 왜 이렇게 간지러운지 모르겠어. 난 고개를 끄덕이면서 눈을 비벼 대느라 제대로 인사도 못 하고 말았어.

달라진 형주,
그리고 더 달라진 친구들

담임선생님이 돌아오셨어. 친구들 모두 반갑게 선생님과 인사를 했어. 나도 선생님께 인사를 하고 사물함으로 갔어. 시간표를 확인하고 오늘 배울 교과서를 챙겨서 책상 서랍에 넣었어.

수업 시작종이 울리고 교과서를 꺼내려고 하는데…… 교과서가 보이지 않아. 분명 오늘 교과서를 다 챙겨서 들고 왔는데 어떻게 된 거지? 오늘 1교시 교과서는 《봄》이야. 오늘만큼은 미리 교과서를 다 챙겨

났는데 이게 무슨 일이지? 아무리 찾아봐도
《봄》교과서가 보이지 않아.

침착하자. 박형주. 침. 착. 해.

잠깐 생각을 해 봤어. 사물함에서 교과서를 꺼낼 때 《봄》교과서를 제일 먼저 꺼냈으니 분명 제일 밑에 있었을 거야. 그렇다면 제일 먼저 꺼내 놓고 안 가져온 모양이야.

　　수업 종이 울렸는데 어떡하지? 선생님께 지금 교과서를 가져오겠다고 하면 또 혼이 날 텐데. 선생님이 오신 첫날부터 혼날 생각을 하니 슬퍼졌어. 선생님이 혼은 안 내고 한숨을 쉰 다음 엄마한테 전화를 건다면 더 슬프겠지.

　　그때 뒤에서 세은이가 내 어깨 위로 《봄》교과서를 건네주었어. 내 이름이 적혀 있었지. 아마도 내가 빠뜨린 걸 세은이가 가져온 모양이야. 고맙다고 말하려는데 세은이가,

　　"재범이가 너 주래. 사물함 위에 있더래." 하고 말하는 거야. 세은이 뒤에 앉은 재범이는 별거 아니라는 듯 날 보며 웃고 있었어. 웃는 모습까지 멋졌지. 재범이

가 인기가 많은 건 줄넘기만 잘해서 그
런 게 아니었어.

선생님은 날씨에 대해 이야기했
어. 요즘은 환경오염 때문에 지구
가 아파서 너무 덥고 너무 추워
지는 거래. 그래서 봄과 가을
이 짧아지고 여름과 겨울
이 길어진다고.

"어린이들이 환경을
지키기 위해서 할 수

있는 일은 뭘까? 이야기해 볼 사람?"

선생님이 물어보자 친구들이 손을
들고 말하기 시작했어.

분리수거를 잘해야 한다는 친
구, 플라스틱을 쓰지 말아야
한다는 친구도 있었어. 세은
이도 말했어.

"나무나 식물이 잘 자라
게 해야 돼요. 그러려면 지
렁이를 잘 지켜야 하고요.

지렁이는 땅을 기름지게 하니까요. 그러니까 지렁이가 길에 보이면 화단이나 흙에 있는 집으로 돌려보내 줘야 해요. 저는 징그러워서 지렁이를 못 잡으니까 박형주를 불러서 지렁이 집을 찾아 주라고 할 거예요."

친구들은 "와아아아아하하하!" 하며 웃었어. 선생님이 세은이와 나를 번갈아 보셨어. 세은이가 선생님께 내 이름을 말했는데도 선생님이 화를 내지 않으시다니!

유진이도 손을 들고 말했어.

"음식을 남기지 말아야 해요. 급식은 자기가 먹을 만큼만 받아서 먹어야 하고요."

매번 반찬을 남기는 유진이에게 최정욱 선생님은 받아서 남기지 말고 받기 전에 조금만 달라고 해야 한다고 하셨어. 유진이는 그 말이 생각났던 것 같아. 나는 우리 반 친구들이 모두 최정욱 선생님처럼 말하는 것 같아 조금 놀랐어. 그때 선생님이 내 이름을 부르

셨어.

　"박형주. 환경 문제는
네가 전문이잖아? 할 말
없어?"

　지렁이 얘기는 세은이가
했고, 먹을 만큼만 급식
을 받아야 한다는 건 유
진이가 말했어. 나는

하고 싶은 이야기를 머릿속으로 정리해서 말했어.

"자동차를 이용하기보다는 걷거나 자전거를 타야 해요. 차를 이용해야 한다면 되도록 대중교통을 이용해야 합니다."

친구들이 손뼉을 쳤어. 선생님은 고개를 끄덕이며 나를 보고 말씀하셨어.

"조리 있게 발표 잘했어, 형주야. 자, 이제 모두 교과서를 보자."

선생님의 칭찬을 듣고 자리에 앉았어. 친구들이 나를 보는 눈빛이 달라진 것 같아. 약간 멋있게 보는 것 같기도 하고 말이야. 아마 친구들도 눈치를 챈 것 같아. 지렁이도 사람도 겉모습만 보고 평가해서는 안 된다는 걸 말이야.

나는 지렁이 팬클럽 회장이야. 회장은 쉬운 자리가 아니야. 내가 좋아하는 것만 할 수도 없고 하고 싶은 말만 할 수도 없지. 힘든 규칙도 지켜 내야 해. 귀찮은

일도 있고 참아야 하는 일도 있지만 노력해 볼 거야.

나는 지렁이 팬클럽 회장이니까!

학교 다닐 때는 공부 못 한다고 자주 혼이 났어요. 수업 시간에는 많이 졸았고 수학은 너무 어려워서 울기도 했습니다. 그래도 국어 시간에는 졸지 않았어요. 글쓰기를 하면 진짜 좋았거든요. 글쓰기 대회에 나가면 상도 곧잘 받았지만, 공부를 그렇게 해 보라는 어른들의 말을 들으면 주눅이 들곤 했어요.

글을 쓰는 건 멋진 일이 아니라고 생각했던 저는 최정욱 선생님 같은 분을 만났습니다. 선생님과 함께했던 1년은 30년이 지난 지금도 생생하게 기억납니다. "어른이 되면 작가가 되라"는 선생님의 말씀에 그런 건 공부 잘 해야 하는 거 아니냐고 물었습니다. 선생님은 책 많이 읽고 글 많이 쓰면 작가가 되는 거라며 '미래 작가님'이라고 불러 주셨습니다. 미래 작가님으로 불리던 때는 공부도 잘 해서 성적표를 집에 들고 가면 부모님이 좋아하셨고요.

지구를 사랑해서 지렁이를 지켜 주는 형주도 그런 선생님을 만났습니다. 최정욱 선생님 덕분에 형주는 친구들에게 인정받고 학교에도 적응합니다. 형주를 변화시킨 것은 믿음입니다. 너는 할 수 있다고 믿어 주는 사람이 있다면 우리는 누구나 뭐든지 할 수 있습니다. 어떻게 아느냐고요? 미래 작가님이라고 불러 주신 선생님 한 분 덕분에 제가 이렇게 책을 썼으니까요. 그러니까 힘든 일이나 어려운 문제를 만나도 포기하지 마세요. 나를 믿어 주는 부모님, 선생님을 생각하면서 내가 좋아하는 것을 지키겠다고 마음먹으면 누구나 형주가 될 수 있으니까요.

우리는 모두가 달라요. 얼굴 생김새가 다르듯이 좋아하는 것도 다르고 속도도 다르지요. 축구를 좋아하는 친구도 있고, 그림 그리기를 좋아하는 친구도 있습니다. 빨리 달리는 친구가 있고, 천천히 걷는 친구도 있습니다. 다름은 틀림이 아니고 느림은 못남이 아니지만 어른이 되면 그걸 자꾸 잊게 됩니다. 다르니까 틀렸다고, 느리니까 못났다고 말하는 어른이 된 저는

형주를 만나서 행복했습니다. 지렁이 팬클럽 회장을 자랑스러
워하는 형주가 멋졌습니다. 친구들도 저처럼 형주를 만나고 나
서 기뻤으면 합니다. 그렇게 된다면 형주는 참 기쁘겠지요.

작가 주머니